KB067593

당신이 보고 싶어하는 세상

당신이 보고 싶어하는 세상
The World You Want to See

장강명 | 페이지 모리스 옮김
Written by Chang Kang-myoung
Translated by Paige Morris

ASIA
PUBLISHERS

Contents

당신이 보고 싶어하는 세상
The World You Want to See

목적지에 거의 이르렀을 때, 나는 에이전트의 채도 (彩度)를 거의 0까지 낮췄다. 그전까지 그림처럼 맑고 파랗던 하늘이 우중충해졌고, 나를 향해 미소를 짓던 행인들의 얼굴에서 표정이 사라졌다. 알고 보니 가로 수 가지도 앙상했다. 다시 에이전트의 채도를 중간 정도로 높이니 하늘은 푸르러졌고 가로수에도 나뭇 잎이 피어났다.

일종의 습관이랄까. 일터에 들어가기 전에는 실제 세계를 확인하는 버릇이 있었다. 하지만 그런 때에도 에이전트를 완전히 끄지는 않는다. 에이전트를 두 시 간 이상 계속 사용하지 말고 종종 세상을 있는 그대

When I had almost reached my destination, I lowered my Agent's saturation to almost zero. The sky that had been clear and blue like a painting grew dull, and the smiles on the faces of pedestrians walking past me disappeared. Even the branches on the trees lining the street looked bare. When I increased the Agent's saturation again to around 50 percent, the sky went blue and leaves sprouted again on the roadside trees.

Was this some sort of habit? I tended to check my real-world surroundings before I went on-site for work. But even then, I didn't completely turn the Agent off. I know doctors and religious folks advise against using

로 즐겨야 한다고 의사와 종교인들이 조언하는 건 안 다. 그런데 내가 아는 의사들은 다들 중증 에이전트 중독자들이다.

배는 해변에서 그리 멀지 않은 곳에, 200미터쯤 떨어진 곳에 떠 있었다. 300인승 크루즈라는 말을 듣기는 했지만 크기에 대해서는 가늠하지 못하고 있었는데, 내 예상보다는 크고 화려한 배였다. 그리고 적어도 외관 청소는 잘되고 있는 모양이었다. 에이전트의 지정 채도는 적당한 수준이었고, 배의 모습이 그렇게까지 과장된 것은 아니었다. 로봇을 이용하는 걸까.

육지에서 배까지는 쇠판을 이어 붙인 임시 다리가 연결되어 있었다. 그러나 그 연륙교는 곳곳에 물이 고여 있었고, 부서지거나 깨진 곳도 많았다. 나는 에이전트가 이런 장애물은 어떻게 처리할지 궁금해서 채도를 잠시 높여봤다. 물웅덩이는 사라지지 않았지만 그 웅덩이가 퍽 아름답게 보였다. 그 안의 물도 무척 맑아 보였다.

연륙교 주변에는 드론이 몇 대 떠 있었는데, 거기에는 플래카드가 매달려 있었다. 파란 하늘 위에서 흰 플래카드가 펄럭이는 모습이 애니메이션의 한 장면

Agents for more than two straight hours, saying everyone should enjoy some time spent in the real world on occasion. Then again, all the doctors I know are major Agent addicts.

There was a ship not too far out, about 200 meters off the coast. I'd heard it was a 300-passenger cruise ship, but I hadn't been able to guess at its size from the descriptions alone and could see now that it was an even bigger, grander ship than I'd imagined. From the outside, at least, it looked like it was being kept clean. My Agent's saturation was set to a moderate level, and the ship didn't appear to be overly exaggerated. Were they using a robot?

A makeshift suspension bridge built from linked steel plates ran from the land to the ship. The bridge had several cracks and breaks, and puddles of water had formed in spots. I was curious how the Agent might amend these impairments, so I briefly tried turning up the saturation. The puddles didn't vanish, but they looked much more beautiful. The water in them looked much clearer, too.

Several drones hovered around the suspension

처럼 색감이 고왔다. 플래카드에는 배 안의 승객들을 저주하는 상스러운 문구들이 적혀 있었다. 대충 정신 차리고 육지로 돌아오라는 내용이었다.

드론을 띄운 사람들은 인근 주민들이 아니라 정치적 반대자들일 거라고 나는 생각했다. 배 안의 승객들에게는 어차피 그 문구가 수정되어 보일 것이다. 어쩌면 드론과 플래카드 자체가 안 보일지도 모른다. 그런데도 그렇게 드론을 띄운 것은 그게 승객들을 향한 게 아니라 다른 사람들, 예를 들어 해변 마을 주민들을 향한 메시지이기 때문이다.

연륙교가 끝나는 지점에 간소한 게이트가 있었고, 그 뒤로 에스컬레이터가 있었다. 게이트 앞에 서자 유쾌한 소년 목소리가 내게 용무를 묻고 신분증을 보여달라고 했다. 나는 손목에 찬 밴드에 저장돼 있는 공무원 신분증을 태그했다. 신분증에는 전자 영장도 함께 첨부되어 있었다.

영장 내용을 확인한 게이트가 소년 목소리로 말했다.

"와우."

여전히 밝고 경쾌한 톤이었다. 잠시 뒤 게이트가 상

bridge, a banner spread between them. The colors were as vivid as a scene in an animated film, the white banner fluttering high in the blue sky. On the front were vulgar words cursing the passengers on the ship. Basically calling for them to get their heads on straight and come back to land.

The people operating the drones were likely not locals, but political dissidents. And either way, the words on the banner would probably appear modified to the ship's passengers. They might not even be able to see them at all. Still, it seemed the drones were launched not to target the passengers on the ship but other people—namely, they were meant to send a message to the villagers on the coast.

There was a simple gate where the suspension bridge ended, and behind that was an escalator. When I stood before the gate, a little boy's cheery voice inquired about the nature of my business and asked to see identification. I tagged the government ID I kept on a band around my wrist. It contained a digital warrant.

Once my information had been verified, the gate said in that chipper boy's voice, as bright and cheery as ever:

쾌한 느낌으로 열렸다.

배 옥상에는 수영장과 일광욕장, 스포츠덱이 있었고, 그 위로 햇볕이 쨍쨍 내리쬐고 있었다. 그러나 진짜 햇볕은 아닐 거라고 생각했다. 살갗이 뜨겁지 않아서였다. 에이전트를 이용한 뒤로 촉각과 후각이 예민해졌는데, 그렇게 된 사람이 많다고 들었다.

생각난 김에 깊이 숨을 들이쉬며 공기의 냄새를 맡아보았다. 공기는 건조하지도 눅눅하지도 않았고, 꽤 자연스러운 라벤더 향이 희미하게 났다. 확실히 관리는 잘되고 있는 모양이었다.

"안녕하세요."

선 베드에 누워서 일광욕을 즐기던 소녀가 새카만 선글라스를 내리며 나를 쳐다보았다. 소녀는 비키니를 입고 있었는데, 그것까지 에이전트가 왜곡하는 것 같지는 않았다. 나는 여름 양복 차림이었고, 이 상황이 어쩐지 옛날 미국 누아르 영화의 한 장면처럼 느껴졌다. 아니면 영화 〈로리타〉. 스탠리 큐브릭이 만든 작품 말고, 에이드리언 라인 버전.

"Wow."

A moment later, the gate opened with an exhilarating rush of air.

On the ship's upper deck, which had a swimming pool as well as a sun deck and a sports deck, the sun overhead was blaring down. I didn't think it was real sunlight, though. It didn't feel hot on my skin. I'd heard there were lots of people whose senses of touch and smell grew more heightened after using an Agent. I took a deep breath to see what I could sniff out. The air was neither dry nor humid, and I caught a faint hint of the natural scent of lavender. Sure enough, the ship seemed well-maintained.

"Hello."

A girl basking on a sunbed lowered her dark sunglasses and looked at me. She was wearing a bikini and didn't seem to have been distorted much by my Agent. I was dressed in a lightweight summer suit, and the whole situation made me feel like I was in a scene in an old American film noir. Or *Lolita*. Not the Stanley

나는 공무원처럼 보이지 않게 인사를 하고 소녀에게 다가갔다. 소녀의 머리 위로 말풍선이 생기더니 그녀의 이름과 신분, 기타 내가 접근할 수 있는 정보가 그 안에 떠올랐다. 소녀는 16세였다. 내가 생각한 것보다 나이가 많았고, 덕분에 조금 전까지 떠올랐던 의심을 지울 수 있었다. 말풍선은 내가 글자들을 다 읽고 나서 잠시 뒤 사라졌다.

동시에 반대편에서 바퀴가 달린 테이블이 미끄러져 오더니 소녀에게 칵테일 잔을 건넸다. 소녀에게는 그 테이블이 사람으로 보이는 모양이었다. 소녀는 테이블 위의 허공을 향해 미소를 지으며 "고맙습니다."라고 인사를 건넸다. 그리고 무슨 대꾸를 들은 것처럼 잠시 뒤 다시 미소를 지었다. 약간 시건방지고 매력적인 미소였다.

"저는 진짭니다."

내가 말했다.

"알아요."

깡말라서 실제보다 어리게 보이는 소녀가 대꾸했다.

"우리 에이전트를 끄고 잠시 대화를 나눌 수 있을

Kubrick version, but the one by Adrian Lyne.

I approached the girl and greeted her, trying not to seem like a civil servant. A speech bubble formed over her head, and her name and identity, as well as other information I could access about her, appeared inside it. The girl was sixteen years old. She was older than I'd thought, which meant I could rule out my earlier suspicions. I read all the information in her speech bubble, and shortly after, it vanished.

At that moment, a wheeled table came rolling toward the girl and offered her a cocktail. To her, the table looked like a person. She smiled at the empty air above it and said, "Thank you." And a moment later, as though she'd gotten a reply, she smiled again. Her smile was winsome, if a little cheeky.

"I'm real," I said.

"I know," the girl replied. She was as thin as a rake, which made her look younger than her years.

"Could we turn off our Agents and talk?" I asked.

"No. I don't want to. Does it look like I can't tell the difference between fantasy and reality? Just because I was talking to that rolling table earlier?"

까요?"

내가 물었다.

"아니요. 싫어요. 제가 가상이랑 현실을 구별할 줄
모르는 거 같아 보이세요? 아까 바퀴 달린 테이블을
향해서 인사를 한 것 때문에?"

나는 솔직히 그렇다고 대답했다. 소녀는 웃었다. 나
는 그녀가 뭐라고 설명을 해줄 때까지 가만히 기다렸
다.

"저는 실제가 아닌 걸 실제라고 오해하지 않아요.
하지만 그 기분은 즐기려고 해요. 바퀴 달린 테이블
이 아니라 잘생긴 훈남 직원이 저한테 미소 지으며
공손히 음료수를 줬다고 여기는 게 훨씬 더 기분이
좋죠. 그 증강현실과 상호 작용하면 그런 기분이 더
강화되고요. 실재하지 않는 것의 좋은 점과 실재하는
것의 옳은 점을 합치는 거예요. 저는 에이전트에 중
독된 바보가 아니에요. 푸단대 대학원의 미디어 리터
러시 수업도 온라인으로 청강하고 있어요."

소녀는 그러면서 내가 잘 모르는 중국인의 이름을
언급했다. 아마 언론학계에서는 유명한 사람인 모양
이었다. 오른쪽 시야로 검은색 말풍선이 나타났고 그

I answered honestly that yes, that was how it looked. She laughed. I waited for her to explain.

"I don't mistake things that aren't real for things that are. But I enjoy the feeling of it. It's much nicer to accept a drink from a smiling, handsome young waiter than a rolling table, no? Interacting with augmented reality only strengthens that feeling. You get the best of what's real and what's not, all in one. I'm not some idiot Agent addict. I'm even auditing a graduate-level media literacy class online at Fudan University."

The girl named a Chinese person I didn't know. Probably someone famous in the field of media studies. A black speech bubble with a description of the scholar appeared to her right, but I didn't read it.

"So who do you think I am?" I asked.

"Are you here from the government to investigate?"

I nodded.

"But you're not a cop," the girl went on. "Not a detective, either. And you don't look like you're here for a food safety regulation check …"

I nodded again. Au revoir, film noir.

"Then are you here from the Ministry of Justice?"

학자에 대한 설명이 떠올랐지만 나는 읽지 않았다.

"그러면 내가 누구라고 생각하시죠?"

내가 물었다.

"정부에서 조사하러 오신 분이죠?"

소녀가 말했고, 나는 고개를 끄덕였다.

"하지만 경찰은 아니고. 수사관도 아니고. 식품 위생 단속하러 오신 분 같지도 않고……."

소녀가 말했고, 나는 한 번 더 고개를 끄덕였다. 누아르 영화여, 안녕.

"그러면 법무부에서 오신 분?"

"왜 그렇게 생각했죠?"

"지금 한창 법안이 시끄럽지 않아요? 증강현실 규제법 개정안. 국회 앞에서 사람들이 한창 찬반 시위를 벌이고 있다는 뉴스 봤어요. 그리고 이 배가 안 좋은 사례로 꼽히고 있으니까요. 여당 지지자들이 이 배 안 좋아하죠? 그래서 여당 의원들도 이 배 안 좋아하고. 우리는 그들의 승리를 인정하지 않는 사람들이니까요."

"지금 대통령이 누구죠?"

내가 물었다.

"What makes you think that?"

"There's a ton of buzz right now about that new bill, isn't there? The revised bill on augmented reality regulations. I saw the news about people protesting outside the National Assembly Building to block it from passing. And some believe this ship is setting a bad example. Supporters of the ruling party don't like this ship, right? So the ruling party assembly members must hate it, too. Because we don't acknowledge their win here."

"Who's the president right now?" I asked.

"Take those kinds of questions up with my parents. I have no interest in politics. My parents are the reason I'm on this ship in the first place."

"Still, I should be able to ask you that much, shouldn't I? Who's the president right now?"

The girl stared hard at me through her sunglasses. After a few seconds, with a sour look on her face, she told me the name of the president. She was correct. Of course, in those few seconds, her Agent could have informed her of the answer. But at least it was clear now that her awareness of reality wasn't too far removed from reality itself.

"그런 질문은 우리 부모님한테나 가서 던져요. 난 정치에 관심 없어요. 이 배에 온 것도 부모님 때문이 고요."

"그래도, 물어볼 수는 있잖아요? 지금 대통령이 누 구죠?"

소녀는 선글라스를 낀 채 빤히 나를 바라봤고 몇 초 뒤에 기분 나쁘다는 듯이 대통령 이름을 말했다. 정 확한 답이었다. 물론 그 몇 초 사이에 에이전트가 그 녀에게 답을 알려준 것일 수도 있다. 하지만 적어도 그녀의 현실 인식이 실제 현실에서 그렇게까지 벗어 나지 않았음은 분명했다.

"우리 부모님은 아마 지금 대통령이 누구인지 모를 거예요. 뭐, 요새는 그분들이 어떻게들 지내시는지도 잘 모르겠지만."

소녀가 말했다. 나는 그제야 내가 배에 온 목적을 밝히고, 소녀의 동생이 어디 있는지 물었다. 내 설명 을 들은 소녀는 다소 당황한 듯 보였다. 소녀는 동생 이 어디 있는지 잘 모른다고 대답했다. 나는 그러면 아버지는 어디에 있느냐고 물었다. 소녀는 아마 아래 층 식당에 있을 거라고 대답했다.

"I don't think my parents know who the president is," said the girl. "I don't even know much about how they're doing these days."

Only then did I reveal the reason I had boarded the ship. I asked the girl for her sister's whereabouts. She seemed a bit taken aback after hearing the details. She said she didn't know where exactly her sister was. How about your father, then? I asked. She told me he'd probably be at the dining hall downstairs.

Before I headed down there, I smiled at the girl and said, "Don't bullshit me, you little bitch." I wanted to gauge the saturation settings on the Agent she was using.

She smirked rudely and said, "Take care."

"Of course I know who the president is. I just hate to admit it."

The guy enunciated the president's name syllable by syllable, then asked, "Is that all?" I noticed something a little off about his face and figured he might not have really asked "Is that all?" He'd probably tacked on a

식당으로 향하기 전에 소녀에게 웃으며 말했다.

"씨발년아, 지랄하지 마."

소녀가 사용 중인 에이전트의 채도 설정을 가늠해 보고 싶었다.

소녀는 예의 시건방진 미소를 지으며 인사했다.

"네, 조심히 가세요."

"물론 지금 대통령이 누구인지는 알고 있죠. 인정 하기는 싫지만."

사내는 대통령 이름을 한 자 한 자 또박또박 발음하 더니 "됐습니까?"라고 물었다. 그때 그의 표정은 뭔 가 묘하게 부자연스러웠는데, 아마 실제로는 "됐습니 까?"라고 말한 게 아닌 것 같았다. 그가 대통령 이름 다음에 "씨발놈"이라든가 "씹새끼" 같은 단어를 덧붙 였는데 내 에이전트가 그 욕설을 순화한 것 같았다.

우리는 식당 안에 있었고 시간은 한낮이었다. 그러 나 그와 내가 앉은 테이블 주변은 탁 트인 바다 전망 이었고, 태양은 수평선에 반쯤 걸려 있었다. 그렇게 해가 지는 동쪽 하늘은 온통 붉었으며, 서쪽에서는

"fucker" or "asswipe" at the end, and my Agent had filtered the profanity.

We were inside the dining hall at midday. But surrounding our table was the open sea, the sun hanging over the midpoint on the horizon. The eastern half of the sky was sunset-red, the stars already out in the west. My Agent was taking in the landscape the guy had designed. He seemed unconcerned with astronomical precision. Even at a glance, the stars looked all out of alignment.

A pod of dolphins swam past beneath the setting sun. "I'm really into these kinds of landscapes," the guy said, almost as an excuse. I told him I usually set up scenes of the ocean at sunset on the walls in my home, too. Who wouldn't? I'd even purchased fake humpback whales and icebergs to add to the ocean view.

"My parents bought a house that overlooked the actual ocean. Invested literally everything they owned into that view. They rounded up all their retirement savings and bought a condo on the shore with a plan to take out a reverse mortgage and live there. But with the Agent technology coming into the mainstream

별이 떠오르고 있었다. 사내가 설계한 풍경을 내 에이전트가 흡수하는 중이었다. 사내는 천문학적 엄밀성은 그다지 신경 쓰지 않는 듯했다. 별들의 위치는 대충 봐도 엉망이었다.

노을 아래로 돌고래 떼가 지나갔다. 사내가 "제가 저런 풍경을 좋아해서"라고 변명하듯 말했다. 나는 나 역시 집 벽에는 노을 지는 바다 풍경을 주로 설치해놓는다고 대답했다. 하기야 누구는 안 그렇겠는가. 나는 가상 흑등고래와 가상 빙산도 구입해서 그 가상 바다 풍경에 추가했다.

"저희 부모님은 진짜 바다가 내려다보이는 집을 구매하셨죠. 그 전망에 문자 그대로 전 재산을 투자하셨어요. 은퇴하고 가진 돈을 전부 모아서 바닷가 아파트를 사고 거기서 주택연금을 받아 생활한다는 계획을 가지셨어요. 그런데 때맞춰 에이전트 기술이 일상화되면서 전망이라는 게 무의미한 시대가 되었습니다. 아파트 가격도 수직으로 떨어졌죠. 부모님은 그걸 끝내 인정을 못 하셨어요. 돌아가실 때까지 에이전트를 설치하지 않고 '가짜 풍경은 진짜 경치를 이길 수 없어.' 같은 말씀을 하셨더랬죠."

right around then, we entered an era where a place with a view no longer meant anything. Apartment prices nosedived, of course. Up until the very end, my parents couldn't accept it. Until the day they died, they refused to install Agents, always saying 'fake landscapes will never compare to the real thing.'"

He asked me whether I'd read Park Wan-suh's *The Very Old Joke*. I shook my head. Thanks to the speech bubble that appeared beside him with a synopsis of the novel, I could understand why he had brought it up.

"All human beings live within a subjective reality, after all. And for each and every one of us, there are some objective truths, big and small, that we just can't accept. Take the results of the last election, for example. Some people denied the results altogether, and I'm sure you heard the conspiracy theories going around about fraud and rigged ballots. It was a battle between people's subjective realities and the objective facts. I didn't want to be like those people. I decided to look at the election results as a joke, to enjoy them the same way I would any other."

So people with similar views had banded together

사내는 나에게 박완서의 『아주 오래된 농담』을 읽어보았느냐고 물었다. 나는 고개를 저었다. 사내 옆으로 말풍선이 생기면서 『아주 오래된 농담』의 줄거리가 나온 덕분에 나는 그가 왜 그 소설을 언급했는지 이해할 수 있었다.

"어차피 인간은 누구나 다 주관적 현실 속에서 삽니다. 그리고 누구한테나 크건 작건 받아들이고 싶지 않은 객관적 사실이 있는 거고요. 저희한테는 지난 대선 결과가 그랬죠. 어떤 치들은 선거 결과 자체를 부정하면서 부정이네, 개표 조작이 있었네 하고 음모론을 떠들었죠. 주관적 현실을 들고 객관적 사실과 싸우려 한 거죠. 저는 그러고 싶지는 않았습니다. 대선 결과가 농담 같았고, 저는 그냥 그걸 농담으로 즐겨보기로 했습니다."

그래서 그들은 뜻이 맞는 사람을 모아 크루즈를 빌렸다. 그리고 블라디보스토크에 가서 국내에서는 사용이 금지된 에이전트 증폭기를 크루즈에 설치했다. 그들은 자신들이 지지하는 후보가 대통령으로 선출되었다는 커다란 농담을 즐기며 크루즈를 타고 세계를 느긋하게 한 바퀴 돌았다.

and rented a cruise ship. And they went to Vladivostok to have Agent enhancers that were prohibited within the country installed. They told themselves this one big joke, that the candidate they supported had been elected president, as they took a leisurely turn around the world aboard this ship.

Meanwhile, the Agent enhancers modified all the news articles, internet bulletins, and social media posts the ship's passengers came across accordingly. Within this subjective reality they were collectively creating and sharing, their candidate was going through all manner of political ups and downs, dreaming up all sorts of drama. And this guy said all of it was just a funny joke to them.

"But aren't there some people who are taking that joke seriously?" I asked.

"That's how something that was meant to be a funny joke turned into a tired black comedy. There were a handful of fanatics who rejected reality itself, but not a ton of them. The bigger problem was the clash and resulting split between the people who wanted to extend the ship's voyage and the ones who wanted to pack up

그사이에 에이전트 증폭기는 배 안의 승객이 접하는 모든 언론 기사와 인터넷 게시물, 소셜미디어 포스트를 적절히 바꾸어주었다. 그들의 후보는 그들이 집단적으로 창조하고 공유하는 주관적 현실 속에서 정치적 부침을 겪으며 이런저런 드라마를 만들어내는 중이었다. 그리고 사내는 그 모든 것이 그들에게 재미있는 농담이었다고 말했다.

"하지만 그 농담을 진지하게 믿는 분들이 나오지 않았습니까?"

내가 물었다.

"그렇게 재미있는 농담이 시시한 블랙코미디가 됐죠. 현실 자체를 부정하는 광신도들도 나왔는데 그 수는 많지 않았어요. 항해 일정을 연장하자는 사람들과 그만 집으로 돌아가자는 그룹 사이에 의견 충돌이 빚어진 게 더 큰 문제였습니다. 항해를 더 즐기자는 사람들의 수가 좀 더 적기는 했는데, 그들이 좀 더 끈끈하고 단합이 잘되었어요. 북극항로를 돈 다음 지중해에 가자고 하더군요. 비용도 얼마간 더 부담하겠다면서."

"반대파들이 좀 더 현실을 받아들이려는 분들이었

and head home. The former group was slightly smaller, but they were tighter-knit and more unified. They said we should circle the Arctic and head onto the Mediterranean Sea. They were even willing to shoulder the costs for a little longer."

"Were the people who opposed that plan starting to accept the reality?"

The guy burst out laughing. The Agent gracefully translated his words. In my subjective reality, he calmly noted, "No one who boarded this ship in the first place was ever interested in accepting the reality."

He went on. "We were all a bunch of babies. Just like it says on the banner those drones are holding up outside." I had seen much worse things written on the banner, but I kept my mouth shut and merely nodded.

"Anyway," the guy said, "I have no intention of seriously taking part in this lawsuit. I don't want any compensation or alimony. When I get my money and my money alone, I'll leave. I don't want to crush anyone's pride. What would be the point of that?"

I was utterly confused. "What lawsuit?" I asked.

The guy sent me some materials via his Agent, as

던 건가요?"

내 질문에 사내는 웃음을 터뜨렸다. 에이전트가 그의 말을 우아하게 번역했다. 나의 주관적 현실 속에서 그는 "애초에 현실을 받아들이려는 사람들은 이 배에 오르지 않았습니다."라고 점잖게 지적했다.

"우린 다 어리광쟁이들이었습니다. 밖에 드론에 매달려 있는 플래카드에 쓰여 있듯이."

사내가 말했다. 내가 본 플래카드 문구는 그보다 훨씬 더 심한 표현이었지만 나는 잠자코 고개를 끄덕였다.

"여하튼, 나는 이 소송에 진지하게 참여할 생각은 없습니다. 보상금도 위자료도 원하지 않습니다. 제 돈만 받으면 떠날 겁니다. 굳이 상대의 자존심까지 박살 내고 싶지는 않습니다. 그게 무슨 의미가 있나요."

사내가 말했고, 나는 어리둥절해졌다.

"무슨 소송요?"

사내는 직접 설명하기도 귀찮다는 듯 에이전트를 통해서 자료를 보내왔다. 나는 그 자료들을 읽으며 사내의 뒤틀린 주관적 현실을 비로소 이해하게 되었다.

그의 세계에서 크루즈는 항해를 제대로 끝마치지

though it would be too much of a hassle to even explain. As I looked them over, I finally came to understand his warped subjective reality.

In his world, the cruise ship hadn't properly completed its voyage. In the Persian Gulf, the clash between the people who wanted to extend the voyage and the people opposed to that plan had gotten serious, and the people in favor of extending the trip had all disembarked together. The pro-extension group had rented a new cruise ship from the United Arab Emirates and set out on a voyage of their own. Even then, the group that had wanted to carry out the voyage as originally scheduled didn't get to achieve their goal, either. The rental costs per person on either cruise ship had gotten to be too much.

The remaining passengers on the ship were again split in two. There were people who insisted on suing the pro-extension group that had already left for damages and using the money to complete the voyage as initially planned. There were other people saying the planned voyage had already fallen apart, so they should all simply go home and file a lawsuit then. The guy ex-

못했다. 페르시아만에서 항해 연장파와 반대파 사이에 갈등이 심해졌고, 항해 연장파는 끝내 집단 하선했다. 연장파는 아랍에미리트에서 새 크루즈를 빌려 그들만의 다른 여행을 떠났다. 원래 일정대로 항해하자던 반대파도 자신들의 바람을 이루지 못했다. 각자 짊어지게 된 크루즈 임대료가 너무 높아졌던 것이다.

크루즈에 남은 승객들은 다시 둘로 갈라졌다. 이미 떠난 항해 연장파에게 손해배상 소송을 걸어 그 돈으로 원래 항해 일정을 다 채우자고 주장하는 이들이 있었다. 이미 이 항해는 파투 났으니 그만 접고 소송은 집에 돌아가서 제기하자는 그룹도 있었다. 사내는 자신을 전자인 척하는 후자라고 설명했다.

그의 주관적 현실은 상당히 정교했고 자체모순이 없었다. 다만 객관적 사실과는 매우 달랐다. 나는 그에게 내가 어느 기관에서 온 사람이라고 생각하느냐고 물었다. 그는 법률구조공단에서 온 것 아니냐고 되물었다. 나는 애매하게 웃다가 문득 떠오른 질문인 것처럼 오늘이 무슨 요일인지 물었다.

"화요일 아닙니까?"

사내가 물었다.

plained that he was a member of the latter group pretending to be a member of the former.

His subjective reality was fairly sophisticated and not at all self-contradictory. It was just extremely different from the objective facts. I asked him which organization he thought I'd been sent from. He replied by asking if I was from the Legal Aid Corporation. I smiled vaguely and asked him, as if I had suddenly thought of it, what day it was today.

"Isn't it Tuesday?" he asked.

"It's Friday," I said, worried about how his Agent would translate this response. I showed him my ID and revealed the nature of my business there. It seemed like his Agent had properly relayed the message without twisting my words too much. The guy asked the important questions, nothing off target, about the matter at hand. I offered him some simple counsel.

"Is it really serious?" he asked.

"I'm not sure yet. It could become serious, or it could all be over within a day or two. I'm not in a position to make any grand ruling. Before anything else, I'll need to pay your youngest daughter a visit."

"금요일입니다."

사내의 에이전트가 이 말을 어떻게 옮길지 걱정스러워하며 내가 대답했다. 나는 그에게 내 신분과 출장 목적을 밝혔다. 에이전트는 그 내용은 크게 왜곡하지 않고 제대로 전하는 것 같았다. 사내는 엉뚱한 소리 없이 핵심적인 사안들을 물었다. 나는 간단히 상담을 해주었다.

"심각한 상황인가요?"

사내가 물었다.

"아직은 모릅니다. 심각해질 수도 있고, 하루 이틀만에 끝날 수도 있습니다. 저도 대단한 판단을 내릴 위치에 있는 사람은 아닙니다. 일단은 막내따님을 빼야겠습니다."

사내는 주저하는 표정이었다.

"딸아이는 제 엄마랑 같이 있을 겁니다……. 그런데 제가 아내랑 요즘 사이가 안 좋습니다. 사실 항해 연장파에게 소송을 걸자고 주장하는 그룹의 우두머리가 제 아내거든요. 서로 얼굴 안 본 지 며칠 됐습니다."

그렇다 해도 그가 동행하겠다고 나서지 않은 것은

The guy looked hesitant.

"She should be with her mother … but my relationship with my wife hasn't been so good lately. Actually, she's the one heading up the group that wants to sue those former passengers. It's been days since we've seen each other."

I was surprised, then, that he decided not to join me. I couldn't tell whether that decision had something to do with the subjective reality he'd created. His eyes wandered toward the line of dolphins swimming toward the sunset. I left him alone in the dining hall and headed to the playground where his wife and daughter would be.

"Of course I know who the president is," the woman said, and proceeded to tell me the wrong name. "That's not the president," I replied, but her expression didn't change in the slightest. She was an exceedingly poised and sophisticated woman. She looked incredibly young and beautiful, too, without a single visible flaw. In exchange for her forcing her subjective appearance onto

나로서는 놀라운 일이었다. 그런 결정이 그가 만들어
낸 주관적 현실과 관련이 있는 건지는 알 수 없었다.
그는 노을을 향해 일렬로 헤엄치는 돌고래들을 향해
눈을 돌렸다. 나는 식당에 그를 혼자 남겨둔 채 그의
아내와 딸이 있을 거라는 어린이 놀이터로 향했다.

 "지금 대통령이 누구인지는 당연히 알고 있죠."
 그리고 그녀는 잘못된 이름을 말했다. "그분 아닌
데요."라고 내가 대답했지만 그녀의 표정은 조금도
변하지 않았다. 매우 침착하고 우아한 여성이었다.
그리고 지나치게 젊고 아름다워 보였다. 나쁠 건 없
었다. 그녀가 내 에이전트에 자신의 주관적 외모를
강제하는 대신 내 에이전트는 그녀의 에이전트로부
터 돈을 받는다.
 "그런데 대통령 이름 같은 게 중요한가요?"
 막내딸이 로봇 강아지와 노는 모습을 흘끔흘끔 감
시하면서 그녀가 물었다.
 "그게 중요하다고 생각했기 때문에 지지 활동을 벌
이고 대선 운동을 하고, 결국 이렇게 크루즈에 올라

my Agent, my Agent accepted a payment from hers.

"But does something like the president's name really matter?" she asked, sneaking glances now and then at her daughter, who was playing with a robot puppy.

"Didn't it matter enough to you that you lobbied and campaigned during the election and ultimately ended up here aboard this ship?"

"No. I lobbied because I wanted to lobby, and I campaigned because I wanted to campaign. In some ways, the important issue isn't who's elected president. How much can a president even do in the world these days? Whether you're on this side or that side makes no real difference. Even more so in politics. From the beginning, this has been a matter of conviction."

A speech bubble appeared above her head with a message that read "The following is pre-recorded content." I immediately lost interest in the conversation. I turned away and began carefully observing her younger daughter. The child was pale and curly-haired, skinny like her sister. She didn't look especially bright. But physically, at least, she seemed to be well cared for.

Tons of speech bubbles popped up, crowding all

탄 거 아닙니까?"

"아니요. 저는 지지 활동을 벌이고 싶어서 지지 활동을 벌였고, 대선 운동을 하고 싶어서 대선 운동을 한 거예요. 어떤 측면에서는, 누가 대통령으로 선출되느냐는 중요한 문제가 아니었어요. 사실 요즘 세상에 대통령이 할 수 있는 일이 그리 많은가요? 이쪽 편이 되건, 저쪽 편이 되건 크게 달라질 일은 없어요. 정책적으로는 더 그렇죠. 이건 처음부터 믿음의 문제였어요."

그녀의 머리와 천장 사이에 말풍선이 생기고 그 안에 '미리 녹화된 내용입니다.'라는 메시지가 떴다. 나는 그 즉시 대화에 흥미를 잃었다. 나는 아예 고개를 돌려서 그녀의 막내딸을 유심히 관찰했다. 얼굴이 희고, 곱슬머리에, 언니처럼 깡말랐다. 그다지 총명해 보이지는 않았다. 하지만 적어도 육체적으로는 보살핌을 잘 받는 것 같아 보였다.

아이 주변으로 말풍선이 잔뜩 생겼다. 내 에이전트에는 우리 부서에서 개발한 기능들이 여러 가지 달려 있었고 그 기능이 하나하나 말풍선을 생성해내서 나중에는 눈앞을 거의 가릴 정도가 되었다. 공무원들이

around the little girl. My Agent was running several features that my division had developed, each one generating yet another speech bubble to the point where they almost completely obscured my view. What more could you expect from stuff made by civil servants?

I cleared away the speech bubbles one by one. Looking at the size of the little girl's pupils and the color of her irises, she didn't seem to be on any sort of medication, and judging by her hair texture, her most recent bath had been within the last three hours. My Agent inspected the state of her skin and teeth and found that the child seemed to have received substantial dental care, reporting that she didn't appear to have any nutritional deficiencies, either. The faint impression of a bruise above the child's knee was bothering me, but that, too, might have been from natural causes.

All the while, her mother was blathering on. "You may believe it's important to know the president's name, and for people to be able to accurately comprehend the objective facts around them. But is that really true? Is every objective fact equally indispensable to each of us? If I ran a solar farm, or if I were an ac-

만드는 게 다 이렇지, 뭐.

　나는 말풍선들을 하나하나 지웠다. 동공의 크기나 색으로 봐서는 특별한 약물 반응은 보이지 않았고, 머릿결로 봐서는 가장 최근 목욕은 세 시간 전쯤이었다. 피부와 치아 상태를 검토한 에이전트는 아이가 치과 진료를 충실히 잘 받았으며, 결핍된 영양소도 없는 듯하다고 보고했다. 무릎 위 희미한 멍 자국이 마음에 걸리기는 했으나 자연스럽게 생긴 것일 수도 있었다.

　그동안 아이의 어머니는 혼자 떠들었다.

　"조사관님은 대통령의 이름을 제대로 아는 것이 중요하다고, 사람이 자기 주변의 객관적 사실을 정확히 파악하는 게 중요하다고 믿으실지도 모르겠네요. 그런데 정말 그런가요? 모든 객관적 사실들이 우리에게 다 똑같은 수준으로, 필수 불가결하게 중요한가요? 내가 만약 태양광발전 사업자라면, 햇빛을 많이 받아야 잘 자라는 작물을 키우는 농부라면, 하늘이 흐린지 아닌지 정확히 알아야 할 거예요. 하지만 그저 산책을 즐기는 행인이라면 내게 중요한 건 밖에 나가 있는 동안 비가 올지 안 올지 정도예요. 그럼에도 불

tual farmer growing crops that needed lots of sunlight to thrive, I would have to know for sure whether it was cloudy out or not. But if I were just a regular person who liked to go for walks, all I'd need to know would be whether or not it was going to rain while I was outside. Of course, I would feel a little down if it were cloudy out, regardless. That's just the kind of animal we are. That's how we've evolved to be. In that case, I would feel better if I were wearing glasses with colored lenses that made the sky look blue. So why shouldn't I wear them? Just because you say they'd be distorting the outer objective truth?"

I turned off my Agent for a moment to check the little girl's condition with my naked eye. The auditorium, which had a children's play area inside it, was a bit dimmer than it had looked via my Agent, and the wallpaper was a little grungy. Still, the place looked decent enough. The child, too, seemed less lively somehow and gave the impression of being more than not bright— being downright stupid, in fact—but there was nothing particularly off about her that I could put a finger on.

When I turned back to her mother, though, I shud-

구하고 하늘이 흐리면 기분이 가라앉죠. 우리가 그런 동물이라. 그렇게 진화한 터라. 그럴 때 하늘을 파란색으로 보이게 해주는 색안경을 쓰면 기분이 좋아질 겁니다. 그런 색안경을 쓰면 안 될 이유가 뭐죠? 색안경이 외부의 객관적 사실을 왜곡한다고?"

나는 육안으로 어린아이의 상태를 확인하기 위해 에이전트를 잠시 껐다. 어린이 놀이터가 있는 강당 내부는 에이전트로 보던 것보다 다소 어두웠고, 벽지가 조금 지저분했다. 하지만 그런대로 괜찮았다. 아이도 어째 생기가 덜하고 총명치 않다는 정도를 넘어 퍽 아둔해 뵈는 인상이었지만 꼬집어 말할 만한 특이점은 없는 듯했다.

그러나 고개를 돌려 아이의 어머니를 봤을 때 나는 어깨를 떨며 흠칫 놀라고 말았다. 에이전트를 통해 보인 이미지와 그녀의 실제 모습은 서글픈 마음이 들 정도로 달랐다. 내가 목격한 가장 극단적인 사례는 아니었지만, 틀림없이 꽤 인상적인 경우였다. 그녀의 진짜 모습은 실제 나이보다 열 살은 더 먹은 것처럼 보였다.

염색을 한 지 오래된 머리카락은 부스스했으며 숱

dered in surprise. The difference between the image I had seen via my Agent and the woman's actual appearance was stark enough to make me sad. It wasn't the most extreme case I'd ever witnessed, but it certainly left an impression. Her real appearance made her look ten years older than she really was.

Her hair was thinning, unkempt, and clearly hadn't been dyed in a while. Her unmade-up skin looked rough, and there were fine lines of wrinkles at the corners of her eyes. Her cheeks were sunken, which made her look old enough to be a grandmother. On top of all that, the clothes she was wearing were no better than rags.

She was rambling down a chain of thought I couldn't quite follow. Arguing something about how they couldn't keep traveling on a cruise ship that ran on unrefined nuclear energy and how they ought to get a remodeling consultation regarding an engine replacement.

I quickly turned my Agent back on, and the woman's former, more beautified appearance resumed, as did the conversation from before.

도 적었다. 화장을 안 한 피부는 거칠었고, 눈가에 잔주름이 심했다. 볼이 움푹 파여서 할머니처럼 보였다. 게다가 걸치고 있는 옷이 무척 남루했다.

그녀는 그런 채로 내가 잘 알아들을 수 없는 맥락 없는 이야기를 주절주절 떠들고 있었다. 대강 원자력을 이용하는 크루즈를 더 이상 탈 수 없으며, 엔진 교체를 위한 리모델링 컨설팅을 받아야 한다는 주장을 펼치는 것 같았다.

나는 얼른 에이전트를 껐고, 그러자 조금 전까지 봤던 미화된 모습의 여인 이미지가, 조금 전까지 하던 이야기를 계속 이어나갔다.

"증강현실 기술 이전에도 꿈속에서 살아가는 사람은 많았어요. 아니, 인간은 모두 어느 정도 그래요. 우리는 매 순간 복잡한 우리 자신만의 세상을 창조하고 그 안에서 살아가요. 그 세상은 건조한 사실들로만 이뤄지는 것도 아니고, 우리의 인식으로만 구성되는 것도 아니죠. 그 세상은 사실과 인식의 충돌 면(面)에서 불꽃처럼 피어나 덩굴나무처럼 우리 의식을 휩싸며 자라요. 불행한 사람들은 실재하지 않는 망상에 시달리며 실제로 괴로워하죠. 반면 위대한 인물들은

"Even before the advent of augmented reality technology, lots of people were living in dreams. In fact, everybody does, to some extent. Every moment of our lives, we're creating our own complicated worlds to live in. And those worlds aren't made up of only dry facts, nor are they formed solely from our own consciousness. Where facts and consciousness collide, those worlds explode like fireworks, growing and wrapping themselves around our consciousness like a vine. Some unfortunate people suffer from delusions, and they truly do suffer. At the same time, some powerful figures disseminate their own imagined truths with no basis in reality to others, who believe them and turn them into a collective consciousness, then ultimately into objective facts. Every now and then, if lots of people believe them, those facts become reality. Take things like currency, for example. Each and every one of us has the right to create the world we desire for ourselves, and the Agents help us do that."

"But there's a limit," I calmly pointed out.

"Why would there be? And is it some sort of epistemological limit, or one that stems from something lack-

실재하지 않는 자신의 상상을 퍼뜨리고 다른 사람들까지 그걸 믿게 해서 집단 인식을 바꾸고, 끝내는 객관적 사실까지 변화시켜요. 때로는 많은 사람이 믿으면 그건 그대로 현실이 돼요. 화폐 같은 게 그렇잖아요. 우리는 모두 각자 자신에게 바람직한 세상을 창조할 권리가 있고, 에이전트는 그걸 도와줍니다."

"하지만 거기에는 한계가 있습니다."

내가 차분하게 지적했다.

"왜죠? 그리고 그건 어떤 인식론적인 제한인가요, 아니면 기술의 모자람 때문에 비롯되는 건가요?"

내 앞의 젊고 우아한 그녀가 물었다. 젊고 우아한 그녀는 슬픈 표정이었는데, 그 질문에 대해 오랫동안 숙고했으며 내가 뭐라고 말할지 정도는 자신도 안다는 느낌이었다.

"한 사회가 허용할 수 있는 범위라는 게 있죠. 모든 사람이 각자의 세상만을 고집할 수는 없으니까요. 우리는 어쩔 수 없이 다른 사람과 의견을 나누면서 살아야 하지 않습니까?"

내 답변은 퍽 촌스럽게, 그리고 공무원스럽게 들렸다.

"증강현실 규제법을 말씀하시려는 거죠? 하지만 아

ing in the technology?" asked the young, refined woman before me. She looked sad, but she seemed to have contemplated the question for a while and looked as if she knew what I would say.

"There's a certain range of things a society can allow. Because everyone can't simply cling to their own personal worlds alone. Isn't it true that we have no choice but to live our lives and share our opinions with others?" My reply sounded ineloquent and very much like what a civil servant would say.

"So you're trying to impose regulations on augmented reality, right? But as you know, the revised bill still hasn't been passed."

She was correct. I nodded silently, and she went on.

"Ever since we entered Korean waters, we've lowered our Agent's saturation levels to match the Korean standards. If the revised bill were to pass, we'd have to have a long discussion about what to do. There would be people who say we should follow Korean law, and those on the other side who say we should head back into international waters. The people in the minority might even rent another cruise ship and leave. We'd all be-

직 개정안이 통과되지는 않은 걸로 아는데요."

그녀가 말했다. 그 말은 사실이었다. 나는 말없이 고개만 끄덕였고, 그녀가 말을 이었다.

"저희는 한국 영해에 들어오면서부터 에이전트의 채도를 한국 기준에 맞게 낮췄어요. 개정안이 통과되면 어떻게 할지 논의해봐야겠죠. 한국 법을 따르자고 하는 사람도 있을 거고, 공해로 나가자고 하는 사람도 있을 거예요. 어쩌면 그때 또 소수파가 크루즈를 한 대 더 빌려서 떠날지도 모르겠네요. 이렇게 뿔뿔이 흩어지는 거예요. 꿈을, 내가 믿는 현실을 포기할 수는 없으니까."

"지금 이 배에는 몇 사람이나 남아 있다고 생각하십니까?"

내 물음에 그녀는 완전히 빗나간 수치를 댔다. 대강 그 정도면 내가 해야 할 일은 다 마친 셈이었다. 나는 그녀에게, 아니 그녀의 에이전트에게 전자 영장을 제시했다. 에이전트는 전자 영장의 문장들을 왜곡 없이 그녀에게 전했다. 법적으로도 그럴 수밖에 없었고, 기술적으로도 그러했다. 개인용 에이전트가 조작해 볼 수 있는 메시지가 아니었다.

come scattered. But I can't give up on my dreams, the reality I believe in."

"How many people do you think are still on this ship right now?"

The woman gave me a wildly off-target number. If the number were even roughly that, my job here would have already been done. I presented her—or rather, her Agent—with the digital warrant. Her Agent relayed the sentences on the certificate to her without any distortions. It had no legal nor technical option but to do so. It wasn't a message that a personal Agent could manipulate.

As the woman read the warrant, I informed her, "I'm from Child Protective Services."

"You haven't violated the existing augmented reality regulations. You've violated another law: the child protection law. I'll read the law aloud to you. Article 2, Clause 2, states that in order for a child to experience a complete and harmonious development of character, the child must be brought up happily in a stable family

"아동보호국에서 나왔습니다."

전자 영장을 읽는 그녀에게 내가 말했다.

"당신들은 현행 증강현실 규제법을 어기지는 않았
어요. 다른 법을 어겼죠. 아동복지법을. 법 읽어드리
겠습니다. 2조 2항, 아동은 완전하고 조화로운 인격
발달을 위하여 안정된 가정환경에서 행복하게 자라
나야 한다. 2조 3항, 아동에 관한 모든 활동에 있어서
아동의 이익이 최우선적으로 고려되어야 한다. 2조
4항, 아동은 아동의 권리 보장과 복지 증진을 위하여
이 법에 따른 보호와 지원을 받을 권리를……."

미리 녹음한 메시지를 에이전트가 지루하게 읊는
동안 이 고지 의무가 아동보호국 버전 미란다원칙이
라는 생각이 들었다. 그러자 미란다원칙의 미란다가
그 원칙을 만들게 된 사건의 피해자 이름인지 가해자
이름인지 약간 궁금해졌다. 에이전트가 그런 생각을
기민하게 알아차리고 미란다원칙에 대해 더 알고 싶
다면 살펴보라며 말풍선을 허공에 띄웠다.

내 에이전트는 그사이에도 계속 지껄이고 있었다.

environment. Article 2, Clause 3 states that in all activities related to a child, the child's interests must be prioritized. Article 2, Clause 4 states that children have a legal right to receive protection and support to guarantee their rights and promote their welfare..."

As the Agent dully recited the pre-recorded message, I thought all of a sudden that the duty of disclosure was the Child Protective Services version of reading someone their Miranda rights. I was a bit curious, then, about whether Miranda—the name given to this law—was the name of the victim or the offender. My Agent quickly picked up on that thought and cast a speech bubble into the air asking if I wanted it to search for more information about Miranda rights.

Meanwhile, my Agent continued to prattle on. I didn't cut it off and instead tuned halfway in. This was part of the job, after all.

"Last week, the Supreme Court released a ruling. It declared that for children under the age of 15 to be raised in an excessively augmented reality was a form of child abuse, and the Department of Justice finalized that decision. As soon as the ruling came out, support-

나는 그 내용을 끄지 않고 신경을 어느 정도 쏟으며 들었다. 어쨌든 이건 업무이니까.

"지난주에 대법원에서 판결이 나왔습니다. 15세 이하 아동을 과도한 증강현실 속에서 자라게 하는 것은 아동학대라고 재판부는 결론 내렸습니다. 판결이 나오자마자 여당 지지자들이 이 배에서 자라는 아이를 구해야 한다며 저희에게 신고를 넣었고요. 다행인지 불행인지 15세 이하 아동은 이제 이 배에 한 명밖에 남아 있지 않더군요. 저는 저희가 접수한 신고 내용이 사실인지 확인하기 위해 여기 나왔습니다."

녹음할 때에는 '지난주에 대법원에서'가 아니라 '그저께 대법원에서'라고 말했던 것 같다. 아니, 분명히 그렇게 말한 기억이 난다. 에이전트가 알아서 잘 바꿔줬나 보다. 법적 효력이 있는 문장이니 객관적 사실에서 벗어나면 안 된다. 나는 거기서 내 에이전트의 메시지를 멈추고 직접 말했다. 딱 한 문장을 읊었다.

"김미나 양이 충분한 객관적 현실 속에서 자란다고 보장할 수 없다는 것이 현장 조사관의 1차 판단임을 알려드립니다."

ers of the ruling party filed a report with us stating that children being raised on this ship needed to be rescued. For better or worse, it seems there are no children under the age of 15 left on this ship, with one exception. I've come to confirm whether the contents of the report are true."

When I'd recorded the message, I thought I'd said "the day before yesterday" instead of "last week." No, in fact, I could've sworn I remembered saying the former. The Agent had understood and changed the language accordingly. A sentence with legal force couldn't be separated from the objective facts. I stopped my Agent's message there and spoke to the woman directly. I recited exactly one line.

"I'm here to inform you of the initial ruling from the field site investigation—that young Miss Kim Mina is unable to be protected or brought up in a sufficiently objective reality."

I let my Agent speak again. It began to prattle on about the comprehensive medical exam the little girl would receive today and tomorrow. After that, it explained the procedures through which her family could

그리고 다시 에이전트가 말하게 놔뒀다. 내 에이전 트는 여인의 막내딸이 오늘과 내일 의료기관에서 받 게 될 정밀 검사에 대해 한참 떠들기 시작했다. 그다 음에는 그녀의 가족이 제기할 수 있는 이의 신청과 구제 절차, 정식 소송 절차를 설명했다. 그녀의 가족 을 도와줄 수 있는 정부기관과 비정부기구에 대한 소 개도 이어졌다.

에이전트가 진심 어린 내 표정과 목소리로 지루한 설명을 재생하는 동안, 나는 미란다원칙에 대해 읽었 다. 하필 에이전트가 골라준 말풍선에는 광고가 달려 있었다. 설명을 읽는 내내 에이드리언 라인 감독의 〈 로리타〉 3D 체험 버전 앞부분을 보지 않겠느냐는 문 구가 왼쪽 천장 한쪽에 떠 있었다.

미란다는 피해자가 아니라 가해자의 이름이었다. 피해자의 이름은 말풍선에 나와 있지 않았고, 나는 그 이름 모를 성폭행 피해자에게 몹시 미안해졌다. 사람들의 오해와 달리, 미란다는 무죄로 풀려난 게 아니었고 그 범죄로 결국 10년형을 받았다. 교도소 에서 나온 그는 "내가 바로 그 미란다원칙의 미란다" 라고 떠벌리고 다녔다. 그렇게 술집에서 자랑을 하다

file a formal objection, go through the relief process, and file a formal lawsuit. It also laid out which government and nongovernmental institutions might be of help to the family.

While my Agent played the long and dull explanation in a heartfelt voice, I read about Miranda rights. For some reason, my Agent kept giving me speech bubbles with ads. As it read through the explanation, I kept seeing messages on the left side asking whether I wanted to experience a preview of Adrian Lyne's *Lolita* in 3D.

It turned out Miranda wasn't the name of the victim, but the perpetrator. The victim's name didn't appear in any speech bubble, and I felt deeply sorry toward her, this nameless victim of sexual assault. Despite what many believe, Miranda wasn't acquitted and ultimately served ten years for his crime. After his release from prison, he went around telling people, "You know Miranda rights? I'm that Miranda." He was bragging like that at a bar when another customer stabbed him to death.

The Agent finished its briefing, and I felt a little nervous. It was hard for the Agent to predict how the oth-

다른 손님의 칼에 찔려 죽었다.

에이전트의 설명이 끝났고 나는 조금 긴장했다. 에이전트가 무력해진 상태로 현실을 마주한 상대가 어떻게 반응할지 예상하기 어려웠다. 격한 분노를 터뜨릴까, 눈물로 호소하며 매달릴까. 아니면 그저 무너져 내릴까? 나는 긴급체포권과 스턴 건을 갖고 있었지만, 둘 다 실제 현장에서 사용해본 적은 한 번도 없었다.

젊고 우아한 여인은 내가 대비하지 않은 시나리오를 택했다. 갑자기 스스로를 비극의 주인공으로 삼고 장황한 연극 톤의 대사를 쏟아내기 시작한 것이다. 그녀는 현실과 꿈에 대해, 이별의 아픔에 대해, 국가권력에 대해, 기약할 수 없는 희망에 대해 일장 연설을 늘어놓았다. 감정 표현은 풍성했으나 폭력의 기미는 없었다. 그리고 모든 것이 다 자기 자신에 대한 이야기였다. 나는 예의상 그 대사들을 끝까지 들어주었다.

여인은 주저앉아 흐느꼈고, 나는 강아지 로봇과 시소를 타고 있던 어린아이에게 다가갔다. 나는 아동보호국 공무원의 권한으로 강아지 로봇의 조종권을 확보했다. 에이전트는 내 모습을 요즘 아이들에게 인기

er person would react when caught helpless in the face of reality. Would she explode with violent rage or latch onto me, pleading through tears? Would she collapse and fall to the ground? I had a stun gun and the right to make an emergency arrest, but I had never actually used either.

The young, refined woman chose a scenario I hadn't been prepared for. Suddenly, she donned the role of the heroine in her own tragedy and launched into a dramatic monologue. She rambled at length about her reality and her dreams, farewells and pain, the power of the state, and hope that no one could guarantee. Her speech was rife with emotion and not the least bit aggressive. And the entire thing was all about her. I listened until she was finished, out of courtesy.

She fell to the ground and wept as I approached the little girl and her robot puppy where they were playing on the seesaw. By the power vested in me as a civil servant with Child Protective Services, I took control of the robot puppy. The Agent transformed me into a doll of some bear character that was all the rage among children these days.

절정이라는 곰 캐릭터 인형 모습으로 변신시켜주었
다.

"미나야, 안녕? 아저씨랑 같이 산책 가지 않을래?"

아이는 약간 주저하며 뒤를 돌아보았다. 아이의 증
강현실 속에서는 젊고 우아한 어머니가 웃으며 나를
따라가라고, 아무 일 없을 거라고 말했다. 내가 가진
전자 영장에는 아이의 증강현실을 조작할 수 있는 권
한도 포함되어 있었다. 나는 아이의 손을 잡고 갑판
으로 올라왔다.

아이의 아버지와 큰딸이 갑판에서 멍한 얼굴로 나
와 아이를 바라보고 있었다. 그들은 나를 막아설 엄
두를 못 냈다. 그들의 주관적 현실 속에서는 무장 드
론이 나를 호위하고 있었으니까.

이들 부부의 큰딸 역시 과도한 증강현실 속에 사는
게 분명했다. 소녀의 현실 인식과는 별도로 말이다.
소녀를 처음 본 순간에는 하도 어려 보여서 '이 아이
도 우리 조사 대상에 포함돼야 하는 거 아닌가, 뭔가
착오가 생긴 거 아닌가' 잠시 의심하긴 했다. 하지만
소녀의 실제 나이는 16세였고, 우리가 할 수 있는 일
이 없었다.

"Hi, Mina. Would you like to go for a walk?"

The little girl turned to look back, hesitant. In her augmented reality, her young, refined mother was smiling, telling her to follow me, that nothing bad would happen. My digital warrant included the right to seize control of the child's augmented reality, too. I took her hand and led her back up to the deck.

Her father and older sister watched us with blank looks on their faces. They didn't dare try to stop me. Because in their subjective realities, I was being guarded by armed drones.

It was clear that the couple's eldest daughter was also living in an excessively augmented reality. Her awareness of the real world aside. The moment I first saw her, she seemed so young, and I questioned for a second whether she should have been included in the investigation, whether there had been a mistake. But she was 16 years old, so there was nothing we could do for her.

It wasn't until we were on the escalator that the dim-witted little girl seemed to realize something was wrong, that we were headed somewhere scary, and she began struggling, trying to pull her hand from mine. I

에스컬레이터에서 비로소 뭔가 잘못돼가고 있음을, 자신이 무서운 곳으로 향하고 있음을 깨달은 아둔한 아이가 발버둥 치며 내 손을 벗어나려 했다. 나는 아이를 안아 올렸다. 아이가 시끄럽게 비명을 질렀고, 나는 에이전트의 채도를 법으로 허용된 최대한까지 올렸다. 그러자 아이의 발작도 그냥 귀여운 칭얼거림 수준으로 들리게 되었다.

"안녕히 가세요!"

게이트가 밝고 씩씩한 소년의 목소리로 내게 인사했다. 나는 맑은 물이 고인 물웅덩이가 있는 연륙교에 발을 디뎠다. 고개를 드니 푸른 밤하늘에 별이 가득했고, 수평선 부근에서 유성우가 떨어지고 있었다.

돌고래들이 내 발 부근까지 다가와 수면 위로 솟구치며 헤엄쳤다. 뛰어오른 돌고래가 바다로 들어갈 때 물보라가 일고 철썩하는 소리도 났지만 내 몸에 바닷물은 한 방울도 묻지 않았다. 해변에서는 사람들이 박수를 치며 우리를 맞았다. 그 위로 불꽃놀이가 펼쳐졌다. 그러나 화약 냄새는 나지 않았다.

picked her up and carried her. She started screaming and making a fuss, and I turned my Agent's saturation up as high as the law allowed. It made even her tantrum sound like nothing but cute little whimpers.

"Goodbye!" said the gate in that spirited little boy's voice. I stepped onto the suspension bridge, which was covered in clear puddles. When I looked up, I could see the night sky, blue and full of stars, and a meteor shower falling near the horizon.

Dolphins swam near my feet, breaching the surface of the water. When they leapt back into the ocean with a splash, not a single drop of seawater got on me. On the shore, people welcomed us with applause. A fireworks display unfolded overhead, without so much as the smell of gunpowder.

창작노트
Writer's Note

구름이 흘러가는 모양이 재미있어서 멍하니 하늘을 볼 때가 많다. 하늘 풍경은 보고 있을 때에는 그리 빨리 변하지 않는 것처럼 느껴진다. 하지만 잠시 다른 곳으로 시선을 돌렸다가 다시 고개를 들어 위를 바라보면 그사이 달라진 모습에 깜짝 놀라게 된다. 저 구름이 저렇게 빨리 흐르고 있었나, 조금 전과는 완전히 다른 경치가 됐구나, 하고.

나는 최근 20년 사이 우리 사회의 미디어 환경이 바로 그런 식으로 변했다고 생각한다. 초고속 인터넷이 가정에 들어오고, 포털사이트라는 게 생기고, 인터넷 언론이라는 게 나오고, 스마트폰이 보급되고,

I love watching the clouds pass, so there are many times I find myself staring blankly at the sky. When I'm skygazing, the view doesn't seem to be changing that quickly. But if I turn to something else for a moment and then look back up, I'm surprised by how much has changed in that brief instant. *So the clouds were going by that fast?* I think. *How completely different the view is now than it was just a moment ago.*

This is the same way I feel about how our society's media environment has changed in the last 20 years. High-speed internet has entered our homes, portal sites have sprung up, internet journalism has come into be-

너도 나도 소셜미디어에 가입하고…… 그럭저럭 우리는 거기에 적응해 살아간다.

그러나 한 걸음 물러나서, 예컨대 2001년의 눈으로 2021년을 보면, 분명 기괴하게 보일 거라고 나는 생각한다. 개인적으로는 그런 변화를 잘 쫓아가지 못해 현기증에 시달리는 중이다. 이 같은 미디어 혁명은 지금도 진행 중이며, 사실 점점 더 가속되는 것 같다.

분명히 좋은 면도 있다. 보다 다양한 견해를 듣게 됐고, 소외됐던 소수자와 약자가 전보다 쉽고 크게 목소리를 낼 수 있게 됐다. 이제 10대 소년도 장애, 성적 지향, 취향과 같은 수평적 정체성에 바탕을 둔 새로운 공동체를 만들고 참여할 수 있다.

당연히 어두운 면도 있다. 이 역시 스마트폰 중독에서부터 포르노의 범람에 이르기까지, 무수히 많다. 매일 새로운 측면이 발견되고 탄생하는 듯하다. 우리를 둘러싼 환경은 나날이 더 낯설어지고 있다. 어떤 인간도 이런 세상에서 살아본 경험이 없다.

나는 요즘 이 문제에 무척 관심이 있고, 이를 주제로 논픽션을 내려고 준비 중이다. 이것이 우리 문명이 맞닥뜨린 커다란 도전이라고까지 여긴다. 『당신이

ing, smartphone use is widespread, and just about everybody is on social media … In the blink of an eye, we've grown accustomed to living this way.

But if we were to take a step back and look at 2021 through 2001 eyes, all of this would clearly seem bizarre. I personally feel as though I'm suffering from vertigo trying to keep up with these changes. This kind of media revolution is unfolding even now and seems to be steadily gaining speed.

Obviously, there are advantages to this. More diverse viewpoints are being shared and heard, and minorities as well as the socially marginalized can raise their voices louder and more easily than ever before. These days, even teenagers are creating and taking part in new communities rooted in horizontal identities such as disability, sexual orientation, and personal tastes.

But of course, there's a dark side, as well. From smartphone addiction to the massive deluge of pornography, there are countless dark sides, in fact. It seems new elements are being discovered and invented every day. The environment around us is becoming less familiar all the time. There are some people who have no prior

보고 싶어하는 세상』은 그런 구상 중에 한 착안점을 픽션으로 써본 것이다.

개인 맞춤형 미디어가 확증 편향을 일으키고, 거기에 빠진 사람들이 '탈진실'(post-truth) 상태에 이르며, 그로 인해 사회의 구심력이 무너진다는 악몽. 나는 이것이 이미 시작된 시나리오라고 믿는다. 물론 한국에서도 그 증상을 본다. 어쩌면 물리적 폭력의 기운이 없다는 점에서 『당신이 보고 싶어하는 세상』의 상상은 한가한 건지도 모른다.

원고를 쓰는 동안 실제로 이런 기계가 나온다면 나는 사용할 것인지 자문해봤다. 솔직히 그 매력을 거부하기 어렵다. 집 밖 풍경은 확실히 내 눈에 보기 좋게 바꿀 것 같다. 사람에 대해서도, 그저 나를 스쳐갈 뿐인 이들에 대해서는 그냥 스트레스 안 받고 좋은 인상만 간직하도록 조금 현실을 보정해줘도 괜찮지 않을까?

내가 받아들이기 편하게 수정해도 되는 현실의 경계가 어디인지 알 수 없고, 그런 힘이 생겼을 때 내가 얼마나 통제력을 발휘할 수 있을지도 모른다. 이것은 중요한 윤리적 고민인데 그 기계를 만들어 시장에 내

experience living in this sort of world.

I'm deeply interested in this issue lately and am planning to publish a book of nonfiction on the topic next year. I even consider this one of the greatest challenges facing our civilization. "The World You Want To See" is a work of fiction that draws on one aspect of this idea.

Individually personalized media has given rise to confirmation bias, and people who fall into that bias end up living in a state of post-truth, a nightmare that will lead to the collapse of our society's centripetal force. I believe this scenario has already begun to play out. We can see the symptoms in Korea, too. Maybe the fact that physical violence has no force in "The World You Want to See" makes its imagined world seem relatively carefree.

While I was writing the story, I asked myself whether I would use this sort of technology if it existed in reality. To be honest, it's hard to resist the appeal. I'd probably change the scenery outside my house to match my tastes. Wouldn't it be all right to slightly amend your reality if it meant you wouldn't feel stressed out and would be able to maintain only positive impressions of

놓는 기업들은 그에 대해 물론 아무 생각이 없을 테다. 이것이 오늘날 현대 세계가 처한 상황이다.

우리는 무엇을 해야 할 것인가. 이 질문을 받은 '우리'는 앞으로 얼마나 빨리 부서지고 흩어지게 될까. 저마다 자신이 보고 싶은 세상을 보고, 내가 보는 세상이 얼마나 현실인지조차 확신할 수 없게 된다는 말은, 우리 문명이 곧 조현병을 앓게 된다는 얘기다. 이 걱정과 두려움을 힘과 희망으로 바꿀 방도를 서둘러 찾아야 한다.

소설 원고는 서울에서 쓰고 심훈문학대상 수상 소식은 원주에서 들었다. 문화관에 머무는 작가들과 한자리에 모여 가볍게 맥주라도 마시고 싶었는데, 바이러스 때문에 그러지 못했다. 그 또한 SF 같았다. 심훈선생기념사업회와 아시아 출판사, 동서발전 당진화력본부, 제 글을 지지해주신 심사위원 선생님들, 또 독자들께 깊이 감사드린다.

everyone who passed you by?

I didn't know where the bounds of such a reality, revised to my comfort and liking, would be, nor did I know how much control I would be able to exert if I had that sort of power. This is an important ethical concern, but of course the companies that create and market such technology would give no thought to this at all. This is the situation we are facing in the modern world today.

What should we do about this? How quickly will the "we" in question break down and come apart? To say that each one of us sees the world we want to see and that none of us can be certain just how real the world we are seeing might be is to say that our civilization as a whole will soon suffer from a kind of schizophrenia. We must quickly find a way to convert these worries and fears into strength and hope.

I wrote this story in Seoul and learned that it had been selected for the Shim Hoon Literary Prize while I was in Wonju. I wanted to gather with other writers staying at the cultural center and enjoy a nice beer with them, all of us together in one place, but that wasn't

possible due to COVID-19. This, too, was another
kind of science fiction. Nonetheless, I would like to ex-
tend my deepest gratitude to the Shim Hoon Memo-
rial Foundation and Asia Publishers, to the Dangjin
Thermal Division at the Korea East-West Power Cor-
poration, and to all of the prize judges and readers who
have supported my writing.

해설
Commentary

포스트-휴먼, 포스트-트루스

노대원 (문학평론가)

소설가 장강명은 짧은 기간 내에 다수의 문학상을 휩쓴 것으로 유명하다. 그는 저널리스트 출신답게, 한국 사회의 명암을 빠르게 포착하여 대중적인 서사로 만들어낼 줄 안다. 한편으로, 장강명은 과학소설 장르에 대한 오랜 애정을 가진 작가이기도 하다. 2016년 '알파고 쇼크'로 한국에서도 SF 문학 장르는 독자들의 뜨거운 사랑을 받고 있다. 장강명은 SF가 지금처럼 부상하기 전부터 한국 SF 팬덤 문화 속에서 작가의 길을 준비해왔다.

「당신이 보고 싶어하는 세상」은 작가가 걸어온 두

76

Post-human, Post-truth

Noh Dae-won (Literary Critic)

Novelist Chang Kang-myoung is famous for sweeping several literary prizes within a short period of time. As expected given his background in journalism, he creates narratives with mass appeal that quickly capture the light and shadow of Korean society. On the other hand, Chang is a writer with a longtime affinity for science fiction. With 2016's "AlphaGo shock," sci-fi grew an ardent readership in Korea. Chang had carved out his path as a writer within Korea's sci-fi fandom culture even before the genre reached its current heights.

"The World You Want to See" is located at the point

길이 만나는 접점에 위치한다. 즉, 언론인 출신으로서 사회 변화를 포착하는 탁월한 감각, SF 소설가로서 미래 기술의 가능성과 그 한계를 서사화하는 재능 모두가 발휘된 단편소설이다. 특별히, 이 소설은 '에이전트'라는 미래의 도구에서 사회와 기술의 접점이 발견된다.

저명한 과학소설 이론가 다르코 수빈(Darko Suvin)은 SF에서 제시하는 새로운 과학기술적 발상을 노붐(novum)이라고 불렀다. 소설의 핵심을 이야기라고 할 수 있는가? 그렇다면, 과학소설의 핵심은 노붐과 새로운 아이디어다. 그런데, 노붐은 단순히 새로운 진기한 발명품이 아니다. 인류 문명사가 증언하듯, 언제나 중요한 기술과 아이디어는 세상을 혁신적으로 변모시켰다. 마르크스주의자인 수빈은, 노붐을 한 사회와 공동체를 변화시키는 것으로 보았던 것이다.

그 관점에서, 이 소설에 등장하는 에이전트는 한 사회에 (긍정적이든 부정적이든) 큰 변화를 야기할 만한 새로운 기술적 도구, 즉 SF 노붐이라고 할 만하다. 에이전트는 웨어러블 컴퓨터로, 구글 글래스와 유사

where these two paths meet. In this story, both his excellent sensibility as a former journalist in capturing social change as well as his talent as a sci-fi writer for narrativizing the possibilities and limits of futuristic technology are on full display. In the futuristic "Agents," especially, we can see where society and technology come together.

Renowned sci-fi literary theorist Darko Suvin calls any new scientific or technological development in sci-fi "novum." If we can say that a story is defined by its core elements, the core of science fiction would be novum and new ideas. But novum are not merely new and curious inventions. As human history can attest, important technology and ideas have always driven innovation. Suvin, a Marxist, views novum as that which transforms a society and community.

From that perspective, the Agents featured in this story can be viewed as a type of novum, a new technological tool capable of bringing about (for better or worse) large-scale societal changes. We can guess the Agents as a device are comparable to wearable computers or Google Glass. They conveniently summon and apply

한 장치로 짐작된다. 현실의 풍경에 디지털 정보를 편리하게 호출해 활용하는 장면을 볼 수 있다. 하지만, 에이전트는 증강 현실을 위한 단순한 스마트 기기가 아니다. 이 소설의 표제처럼 '당신이 보고 싶어 하는 세상' 혹은 '타인이 보았으면 하는 나'를 보여주는 안경이다. 이런 목적을 위해, 에이전트는 이용자의 욕망과 행복을 위해 현실을 미화하거나, 심하게는 극도로 왜곡하여 전달한다.

미디어 리터러시에 대한 언급이 나오거니와, 근미래를 다룬 이 소설 속 가상 기기인 에이전트는 우선 오늘날 우리가 사용하는 미디어 환경의 SF적인 외삽(外揷, extrapolation)으로 보인다. 미디어는 일상의 일부가 아니라 우리의 일상적 삶 자체를 구성하고 삶의 방향을 제시한다. 미디어는 이용자의 사고 내용만이 아니라 사고 방식에 영향을 미친다.

그런데, 장강명 소설에 등장하는 에이전트는 더욱 강력한 기술의 미디어라는 점이 문제적이다. 증강 현실이나 컴퓨터 게임, 메타버스 기술, 그리고 알고리즘처럼 새로운 미디어 관련 기술은 우리가 보고 싶은 것만을 더욱 제한적으로 제공할 수 있기 때문이다.

digital information to the real-world landscape. However, the Agents are not merely smart devices that augment reality. As the story's title indicates, they are glasses that show you "the world you want to see," or "the version of ourselves we want others to see." To this end, the Agents beautify reality for the sake of their users' happiness or, more alarmingly, present them with an extremely distorted version.

In this story, which not only mentions media literacy but touches on the near future as well, the hypothetical technology of the Agents can be seen mainly as the sci-fi extrapolation of our contemporary media environment. Media is not merely a part of our everyday lives—it structures them and offers them direction. Media influences not only what users think, but how they think as well.

However, the problem here lies in the fact that the Agents featured in Chang's story are a much more powerful technology. This is because new media such as augmented reality, computer games, metaverse technology, and algorithms can be severely restrictive, offering us only what we want to see. The Agents are not

에이전트는 우리와 무관한 가상의 기술이 아니라 우리 시대 미디어의 문제점을 증폭해놓은 기술이다.

이 소설에서, 에이전트는 한 무리의 정치 집단을 갈라파고스처럼 외딴섬으로 묘사한다. 그들은 자신들이 지지하는 정치인이 대통령으로 선출되었다는 가상의 현실을 만들어놓고 그것을 즐긴다. 자기들만의 세계에 갇혀 행복한 유폐를 경험한다. 이들의 크루즈 여행은 자족적이고 폐쇄적인 미디어 세계에 허우적거리는 현대인들의 모습과 다르지 않다.

크루즈 선박에 탑승한 이들은 집단의 동일한 정치적 욕망에서 출발했다. 하지만, 그들은 계속해서 분열하기에 이른다. 에이전트는 결국 개인의 욕망과 환영에 의지하고 그것을 확대한다. 에이전트는 타인들의 언어와 외양을 순화시키고, 자신의 언어와 외양을 미화시켜 커뮤니케이션의 목적을 달성하려 한다. 그러나 이 기이한 크루즈 여행객들이 보여준 것처럼, 에이전트는 결국 소통 불능으로 이끄는 장치가 되어버렸다.

에이전트는 다시금 우리의 현실로 돌아와 생각하게 만든다. 우리는 광대한 인터넷 네트워크 속에서

some hypothetical technology that has nothing to do with us. Instead, they are a technology that amplifies the problems inherent in our current media.

In this story, the Agents portray a cluster of political groups as Galapagos-like remote islands. They create and enjoy a hypothetical reality in which the politician they support is elected president. They experience a blissful confinement inside their own worlds. Their cruise ship voyages are no different from the way people today strive to live in a self-contained and closed-off media world.

Those aboard the cruise ship set out as a collective with the same political desires. Yet they continue to experience division. Their Agents ultimately draw on their personal desires and hallucinations, magnifying them. These devices aim to communicate by refining the language and appearance of others while enhancing their own. But as the passengers on this bizarre cruise ship demonstrate, the Agents eventually become devices that render communication impossible.

Once again, the Agents bring us back to our reality and cause us to reflect. We dream of meeting and free-

이질적인 존재들과 새롭게 만나 자유롭게 소통하리라 꿈꾼다. 그러나 실상은 어떠한가? 폐쇄적인 미디어 생태계 속에서 비슷한 의견을 가진 사람들끼리만 어울리며, 나의 믿음을 반영하는 소식들 속에서 다른 목소리는 더 이상 듣지 못하게 된다. 조금이라도 내 심기를 거스르는 사람이 있다면, 그를 '차단'해버리면 된다. 사람과 사람 사이의 징검다리가 되어주기 위해 만들어진 미디어 기술은 폐쇄적인 알고리즘 속에서 자기 자신의 욕망을 메아리처럼 듣게 한다.

근래의 사회·정치적 풍경 역시 장강명의 소설 속에 나오는 크루즈 여행객들과 무관하지 않다. 사람들은 우리 시대를 '포스트트루스'(post-truth), 즉 탈진실의 시대라 불렀다. 미국의 전직 대통령 도널드 트럼프가 탈진실의 아이콘이었다. '가짜 뉴스'와 '팩트 체크'는 불신 받는 저널리즘의 현실을 적나라하게 보여주는 신조어다. 미국에서도, 한국에서도 가짜 뉴스와 더불어 정치적 양극단 논리가 장악한 것을 보면, '당신이 보고 싶어하는 세상'은 적어도 하나가 아니라는 점은 분명하다.

하나로 뭉쳤던 크루즈 여행객들이 사분오열하는

ly communicating with a myriad of others in a vast internet network. But what about the reality? Within our closed-off media ecosystems, we interact only with those who have similar opinions, with news that reflects our beliefs, and end up unable to hear any other voices. If anyone even slightly opposes our views, we can "block" them. The media technology that was created to serve as a stepping stone between one person and another ends up echoing our own desires back to us within an isolated algorithm.

The cruise ship passengers in Chang's story are also clearly not unrelated to the recent socio-political landscape. People have indeed called this the era of "post-truth." Former U.S. President Donald Trump was a post-truth icon. Newly coined phrases like "fake news" and "fact check" plainly show the distrust with which the reality of journalism is being met. Seeing as how fake news along with political extremes dominate in both Korea and the U.S., it's clear that there is more than one "world you want to see."

Paradoxically, the complete disintegration of cruise ship passengers' one-time collective leads to a key reali-

것은 역설적으로 한 가지 깨달음으로 이어진다. 나는 '보고 싶어하는 세상'만을 보고 싶어한다. 그러나, 타인들이 원하는 세상이 무수히 많다는 사실에 의해 그것은 불가능해진다. 내가 보고 싶어하는 세상을 위해서라도 타인이 보고 싶어하는 세상을 남겨두고, 두 세상을 잇는 다리가 요청된다. SF의 다중우주(multiverse)는, 다른 무엇이 아니라, 무수히 존재하는 다양한 마음과 자아를 의미한다고 한다. 리얼리티는 단 한 명의 사람의 눈으로 보는, 단일한 세상이 아니라, 여러 세상들 사이의 치열한 소통 과정에서 출현하는 동적인 사태일 것이다. 타인의 우주가 탄생할 때 나의 우주도 함께 탄생한다.

zation. Each of us only wants to see "the world we want to see." However, the fact that there are countless other worlds that other people want to see makes this desire impossible. We leave the worlds that others want to see in favor of the world we long for and call for a bridge to connect them. The sci-fi multiverse is none other than the existence of countless and various minds and selves. Reality is not a single world viewed through one person's eyes, but a dynamic state of being that emerges in the process of intense communication among several worlds. When others' universes are born, ours are also born alongside them.

비평의 목소리
Critical Acclaim

k

구미문학의 SF소설은 엔터테인먼트의 기능과 함께 사회비판의 도구로 쓰이는 경우가 허다한데 비해서, 그 동안의 한국 SF는 엔터테인먼트 쪽에만 너무 골몰했던 게 아닌가 생각한다. SF가 엔터테인먼트 위주의 대중문학을 벗어나 어엿한 문학으로 자리 잡으려면, 모순으로 뒤틀린 세계를 SF 고유의 방식으로 보여줄 때라야 가능하지 않을까.

당선작 「당신이 보고 싶어하는 세상」은 SF소설이 사회비판의 유효한 도구라는 걸 잘 보여주고 있다. 이 작품은 SF의 고전인 올더스 헉슬리의 『멋진 신세계』처럼 디스토피아 소설이다. 첨단과학에 기대어 꿈꾸는 유토피아는 결국 파국의 디스토피아로 전락하고 만다는 것을 올더스 헉슬리가 보여주듯이, 장강명의 이 작품도 첨단테크놀로지인 인공지능에 의한 유토피아는 존재할 수 없다고, 오직 디스토피아일 뿐이라고 말한다.

이 소설은 인간과 유사한 사고와 행동을 하는 인공지능을 가진 에이전트가 인간을 대신해서 사고하고 행동하는 '멋진 신세계' 즉 파국의 디스토피아를 보여준다. 객관적 현실이 아닌, 인공지능이 만들어주는

While Western science fiction has often functioned as a tool for social critique as well as entertainment, I believe Korean sci-fi has long been overly preoccupied with the entertainment aspect of the genre. I wonder if science fiction will be able to break away from the mold of entertainment-oriented pop lit and find its place among esteemed literature only when it manages to show us our world, warped with contradictions, in the way that only sci-fi can.

The prize-winning story, "The World You Want to See," clearly shows that sci-fi can serve as an effective tool for social criticism. It is a dystopian tale reminiscent of Aldous Huxley's classic work of science fiction, *Brave New World*. Just as Huxley shows us that a dream utopia built on advanced technology will ultimately crumble into a catastrophic dystopia, this story by Chang Kang-myoung shows that a utopia built on the state-of-the-art technology of artificial intelligence cannot exist and can only ever be a dystopia in reality.

This story shows us a "brave new world," this catastrophic dystopia, in which Agents—an artificial intelligence that can think and behave like humans—come

가공의 주관적 현실 속에 안주하고, 자연 그대로의 자연이 아니라, 인공지능이 만들어 주는 가공의 복사판 자연 속에서 생활하는 병적으로 왜곡된 인간들의 세상인데, 바로 그것이 '당신이 보고 싶어하는 세상'이라고 작가는 힘주어 말하고 있다.

현기영(소설가)

　세상에 대한 질문이나 분노로 문학을 시작하게 됐다고 말하는 작가들이 있다. 장강명의 이번 소설, 「당신이 보고 싶어하는 세상」을 읽으면서도 그가 이 시대에 어떻게 질문하는지, 왜 질문하는지, 무엇을 염려하는지 확인하게 했다. 이 소설의 바탕에 그런 질문과 염려가 스며 있지 않다면 한낱 만화이기 쉽다. 발전한 스마트 기기로 자기가 원하는 세상을 만들 수 있는 당신에게 과연 구원은 있는가? 현실을 아무렇지 않게 지우고 내가 원하는 세상을 만들 수 있는 능력은 이 시대의 기술문명의 승리처럼 보이지만 정작 그 승리를 이끈 사람들은 궁극적으로 현실을 잃는다. 가상현실, 증강현실로 현실을 현실로 받아들이지 못하게 된 당신. 생명이 생명이지 않게 될 때, 가상과 증

to think and act on their behalf. With this pathologically distorted world of humans who settle into a subjective reality manufactured by artificial intelligence rather than the objective reality, who carry out their lives in an artificial replica of the natural world rather than in the natural world as it is, the writer stresses that this invented world is precisely "the world you want to see."

Hyun Ki-young (novelist)

There are writers who say their work stems from questions or rage about the world. Reading Chang Kang-myoung's "The World You Want to See" made clear for me how and why the writer questions this era, as well as what concerns him about this point in time. If the questions and concerns that form the basis for this story were not so deeply infused throughout, it would be all too easy to read the work as a mere comic book. Is there any salvation for you when you can create the world you want using advanced smart tech-

강을 현실로 인식하게 되고 그것을 자기 의지로 만들 수 있는 당신에게 '인간적 생명 현상'은 남아 있기나 할까? 이 극단적 소외는 다른 말로 하면 비극이다. 물론 모든 시대엔 그 시대의 '소외(疏外)'가 있었고 소외로부터 전복의 기운이 싹텄고 기운이 뭉쳐서 사회의 틀을 바꿨다. 그런데 장강명이 보여주는 소설 속의 소외엔 여백조차 남아 있지 않아서 '단절'과 '절멸'만이 느껴진다. 이 시대가 빠르게 진행시키는 인류멸망의 징후인 자연정복과 자연배제의 언어도단과도 연결되어 보인다.

소설의 마지막 문장은 작가가 하려는 말이 결국 두려운 슬픔이라는 걸 느끼게 한다. 수면 위로 솟구쳤다가 철썩하고 바다로 돌아가는 돌고래, 그러나 물 한방을 튀지 않고 불꽃놀이가 펼쳐져도 화약 냄새는 나지 않았다는 '현실'.

우리는 이제 어떻게 해야 할까.

이경자 (소설가)

nology? In this era where people have the ability to erase reality without a second thought and create the worlds each of us wants to see, such power may seem like a triumph of our society's technological advancements. However, the truth is those who lead this victory ultimately lose their hold on reality. You, who cannot accept reality as is when you have a virtual or augmented reality in its place. When life is no longer life and you begin to see virtual and augmented realities as true, will the "human condition" still exist when you can invent it according to your will? This extreme alienation is, put another way, a tragedy. Of course, every era has had its own alienation, from which sprang forth a subversive spirit that unified to shift the very framework of society. Yet not even an empty space for that subversion remains within the alienation in Chang's story, leaving only "rupture" and "annihilation." We can also see a connection to the unspeakability of natural conquest and natural exclusion, which are omens of the downfall of humanity this era is rapidly progressing toward.

The final sentence of this story ultimately conveys a

fearful kind of sadness. A "reality" in which dolphins burst through the surface of the water and dive back into the sea with a splash, yet without leaving a single drop, where a fireworks display unfolds without so much as the smell of gunpowder.

I wonder: What are we to do now?

Lee Kyung-ja (novelist)

K-픽션 031
당신이 보고 싶어하는 세상

2022년 1월 28일 초판 1쇄 발행

지은이 장강명 | 옮긴이 페이지 모리스 | 펴낸이 김재범
기획위원 정은경, 전성태, 이경재
인쇄·제책 굿에그커뮤니케이션 | 종이 한솔PNS
펴낸곳 (주)아시아 | 출판등록 2006년 1월 27일 제406-2006-000004호
주소 경기도 파주시 회동길 445
전화 031.955.7958 | 팩스 031.955.7956
메일 bookasia@hanmail.net
ISBN 979-11-5662-173-7(set) | 979-11-5662-586-5(04810)
값은 뒤표지에 있습니다.

K-Fiction 031
The World You Want to See

Written by Chang Kangmyoung | Translated by Paige Aniyah Morris
Published by ASIA Publishers
Address 445, Hoedong-gil, Paju-si, Gyeonggi-do, Korea
Tel. (8231).955.7958 | Fax. (8231).955.7956
E-mail bookasia@hanmail.net
First published in Korea by ASIA Publishers 2022
ISBN 979-11-5662-173-7(set) | 979-11-5662-586-5(04810)